KB235020

그때가 그립고 좋았습니다

손정숙 시집

* 일러두기

이 시집은 손정숙님의 육필 원고를 그대로 타이핑하여

옮겨 적은 것으로 현대의 맞춤법 및 문법과는 다소 차이가

있습니다

그때가 그립고 좋았습니다

序

당신 삶이 나의 백발입니다

당신과 결혼하여 50여 년 살아왔네요.

장점과 단점은 있지만

서로 의지하고 배려하고 때론 버티고 온 것이 다행입니다.

당신 남은 인생이 오늘보다 더

멋지게 사랑하고 행복하게 지냈으면 하는

부탁뿐입니다

당신 지금처럼 행복하기를 빕니다

아들, 딸, 사위, 며느리, 손주가 있잖아요

힘내세요. 정숙이가 있잖아요. 사랑합니다.

차례

제 1부

매화

특별한 봄이로구나!

모진 추위 눈 속에서

매화가 피운 꽃을

먼저 핀 따스함을

당신께 드립니다

사랑하는 이가 그리운 날

사람이 살면서

몇 번 스쳐도

늘 마음속에 그리는 사랑이라면

늘 생각하고 생각하면서 살아 갈렵니다

사랑하는 이가 그리운 날

여자의 마음

소나무 대나무 사철나무는

사철 푸르건만

이내 마음은 왜 변덕이 심할까?

모든 것을 여자 운명이라 하고

살아야겠구나.

공수래공수거

오늘 해가 져도 내일 해가 다시 뜬다

인생은 늘 나쁜 일만 있는 것도 아니고
늘 좋은 일만 있는 것도 아니다.

태어날 때 빈손으로 왔듯
마지막 갈 때 빈손인 것을
왜 모르고 사는지,

시골 마을

아침에 뜨는 해는 희망이 된다

하늘을 나는 새는 꿈이 된다

들판에 피는 꽃은 힘이 된다

저녁 별빛은 고요한 마음이 된다

인생사

살다 보면 좋은 일만 있는 것도 아니요

나쁜 일만 있는 것도 아니요

쥐구멍에 볕들 날 있지요

고목나무에 꽃필 때도 있지요

다 잊어버리고

좋은 생각만 하다 살아보면

꿈은 이루어지고 행복해질 거요

슬프구나

강물은 흘러 흘러 바다에서 만나고

인생은 흘러 흘러 저승에서 만난다

인생 백 년 산다지만

아픈 날 힘든 날 빼면

몇십 년도 못 사는데.

오늘 해 지지만 내일 해 기다리련다

* 손정숙 할머니가 큰 시누를 보내며

나이

적게 먹을 땐 나이 먹는 줄 몰랐고

많게 먹으니 죽어 부더라

적당히만 먹고 산다는 건

하늘의 별 따기

눈물 많아지고 서러움 늘어나서

어떨 땐 죽고 싶더라

평생 먹고도

떠날 때 담아줄 밥 한 그릇 뜨오른다

오늘도 허무한 마음에 남은 날을

세어 본다

새

새들이 저 하늘을 날아간다

속도를 맞추며 지칠 줄 모르고

지나온 시간이 버려지는 것이 아니다

못했던 희망을 포기하는 것이 아니다

한 폭의 그림처럼 서 있는 세월

언제나 편안하고 정겹게 보인다

남은 세월 새처럼 날고 싶다

꽃길

아침 일찍 나는 새
아침 일찍 피는 꽃

아침 일찍 뜨는 해
오늘 아침 꽃길이듯

부부 건강하게 사는 것
자식 걱정하지 않게 해주는 것
인생 꽃길이듯

우리 인생 마음먹은 대로 안 되지만
가슴에 손 얹고 모든 걱정 잊어버리고
남은 인생 꽃길만 걷게 해주소서

단풍은 어머니다

봄에 새싹이 돋아나듯

어린 자식을 키우고

여름에 숲이 무성해지듯

자식들과 사랑이 들고

가을에 단풍 지듯

자식은 보모를 떠난다

단풍은 어머니를 그립게 한다

* 손정숙 할머니가 소천하신 어머니를 그리며

어머니 소원

어머니는 창밖에
어머니 정원
가을을 보고 누워있습니다

가장 강인하신
가장 오랫동안
버티신 어머니

어머니가 하신 말씀 기억합니다
"시집가면 장 뚝배기 마주 보는 사람 만나길" 원하셨는데

형제들 다 장 뚝배기 마주 보는 사람 만나
조금 부족하지만 잘살고 있습니다.

이젠 아버지, 어머니
걱정하지 마시고
마음 편히 계십시오.

* 손정숙 할머니가 소천하신 아버지와 어머니께 감사하며

부모님 산소

부모님 산소를 지날 때마다 창문을 열고
부모님께 인사를 빠지지 않고 하고 나면
편안해지는 마음

민서방 어떻노?
애들은 잘 있나?
부모님이 꼭 여쭈어보시는 거 같습니다.

그때마다 부모님께 잘하지 못한 것이
가슴 한 칸 뭉클합니다.

그래도 부모님이 이해하시리라 믿습니다.
부모님 안녕히 계십시오.
사랑합니다. 큰딸이.

* 손정숙 할머니가 부모님 산소를 지나가면서

가을 편지

칠 남매 키우느라 밤새 애 태우시고

모양새 삐뚤어질까 아리는 자식 생각하듯

생감 떫은 맛이 곶감 달콤함이 될 때까지

기다리는 애틋함으로 살아오신 어머니

이젠 황금 노을을 지나가는 물새들 보면서

나는 어머니 가을을 걸어가고 있습니다

* 손정숙 할머니가 소천하신 어머니를 보고 싶어 하며

겨울 홍시 할머니 생각

겨울이 닥쳐오면 할머니 생각

홍시 접시 담아 부드러운 속을 파서

한입 먹여 주던 할머니 생각

할머니가 껍질 빨아 드시고

속을 파서 손녀에게 주는지

그때는 몰랐는데

내가 나이가 들고 보니

역시 할머니는 할머니이시구나.

할머니 사랑이 내리사랑이구나.

* 손정숙 할머니가 할머니가 주신 홍시를 떠올리며

50년 전 김장철

배추 뽑고 간하고 얼음물 밑에 개음 씻고
김장할 때 이웃사랑

숙모 같이 어울리고 치대면서 탁주 한잔
다듬은 김치 포기 나누어주고

좋은 포기는 손님 김치
검은 배추는 김칫국 거리 밥죽꺼리 만들어
할머니 친구분들 오시면 점심때 끓여 주고

할머니들 더 놀다 가시라고 못 가게
소죽에 신 씻고 손톱 발톱도 깎아준 기억이 납니다.
칭찬받던 그때가 그립습니다.

* 손정숙 할머니가 할머니와 할머니 친구를 그리워하며

어머님이 할머님께 최선을 다하시는 모습

친정 할머니는 천식을 앓았습니다.

4월부터 10월까지 구름이 찌는 날은 더욱더 숨을 가누지 못했습니다.

어머니가 한결같이 시어머니께 최선을 다하는 모습을 보면서
얼마나 고생하셨는지 그때는 몰랐습니다.

냉장고 없는 시절 우물 두레박 줄에 죽을 매달아 상하지 않게
해 드리려는 모습, 고기 뼈 가려서 드리는 모습, 목욕시켜드리
는 모습.

지금 우리에게도 쉬운 일은 아니라고 생각이 듭니다.

밤낮 가리지 않고 숨을 못 쉬어 삼촌 두 분이 오시지 못하면
여동생이 먼 예림 약방에서 약을 싸서 직접 주사를 놓았습니다,

할머니가 주사 맞고 조금 주무시면
할머니 방문 앞에 형제들 제비들처럼 보고 있었습니다.

우리는 어머니가 할머니 돌아가실 때까지 매일 그렇게 하셔서

효심이 대단하시고 본받아야 한다는 생각이 듭니다.

지나온 세월 남은 세월

남편 만나 좋은 일 궂은 일

기쁜 일 슬픈 일 함께 나누고

지나온 세월 56년이 되네요

풍족하게 살지는 못했지만

자녀들 형제들 덕분에 잘 살아왔네요

나이 들어 건강이 걱정이지만

지금은 최고 행복하네요.

남편, 아들, 딸, 사위, 며느리, 손자, 손녀

건강하게 행복하게 지내는 모습이 너무 아름답네요

남은 세월 덜도 말고 더도 말고 지금처럼이면 좋겠네요

당신을 사랑합니다.

* 손정숙 할머니가 사랑하는 남편과 동고동락 하며

생명력 강한 매실나무

10월 말부터 꽃망울 터뜨려 봄까지 꽃피우는

생명력 강한 매실나무

남편은 매일 매실나무 전지합니다

한 나무에 사흘, 운동입니다.

남편을 혼자 보내고 나면 마음은 편안하지 않지만

나는 집에서 청소합니다.

남편이 한심스러운 말씀을 하네요

"지금 나이에 매실나무 가지치기할 날이 얼마나 있겠소"

그래도 인생은 죽을 때까지 끝이 없습니다.

오늘도 씩씩한 모습으로 밭에 가는 것이 너무 보기 좋습니다

지금처럼 늘 건강하고 행복하시길 빕니다.

* 손정숙 할머니가 남편 건강을 생각하며 삶의 마지막 자락까지

　최선을 다하자고

황금 들녘과 자식들

모심어 물을 넣어주면 마음이 뿌듯하듯

어릴 때 자식 자라는 것 보면 마음이 더 뿌듯하고

벼가 영글어 가면 마음이 흐뭇해지듯

자식들 건강하고 열심히 살아가면 마음이 더 흐뭇해지고

가을 추수하고 텅 빈 논을 보면 마음이 쓸쓸해지듯

자식들 살길 찾아가면 마음이 더욱 쓸쓸해지네

* 손정숙 할머니가 네 명 자식을 생각하며

자식 닮은 참깨

참깨는 4월30일 심어서

8월 6일 수확을 한다.

참깨를 베어서 한 줄로 세워 놓으니

자식 같더라.

참깨를 털 때 솟아지는 그 소리

자식 결혼하며 참깨 솟아지듯

참깨 터는 소리는 자식 정답게 사는 모습이다.

* 손정숙 할머니가 봄에 참깨 심고, 작은아들 생일날 참깨
  털면서 네 명 자식을 생각하며

제 2부

큰딸 출산하던 날

7월 15일 아침 7시경 큰딸 출산하였습니다

아무것도 모르고 출산을 하였지만

어린 마음에 남편이 곁에 있었으면 얼마나 좋을까 생각이 들

었습니다

출산한 그날, 가뭄 끝에 갑자기 비가 와서 모내기했습니다

시할머님께서 부엌에 불을 지피게 했습니다

그때는 어려서 시키는 대로 했습니다

지금 생각하면 서운한 마음이 듭니다

그럭저럭 세월이 흘러 남편이 군 복무를

마치고 돌아왔습니다. 음력 10월 23일

어려움을 이겨내고 여태껏 버티고 살아왔습니다

.
슬픈 일은 잊어버리고 좋은 일만 생각했습니다.

그때가 그립고 좋았습니다.

* 손정숙 할머니는 남편이 군대에 있을 때 큰딸을 출산했습니
다. 동네분들이 시어머님께 출산 후 바로 일시키는 것은
친정에 이른다고 해서 손정숙 할머니는 출산 후 어느 정도
휴식을 취했다고 합니다.

작은딸 출산하던 날

아무것도 모르고 배가 아프기 시작했는데
먼 집안 아주머니께서 작은딸을 잘 받아주셨습니다

도움 받을 사람도 없고
시어머님은 딸을 또 낳았다고 소쿠리를 마당으로 던지고
그때는 몰랐습니다. 얼마나 손자를 바랐기에
그랬을까 생각합니다.

산후조리 시킬 사람도 없고 작은 시누이가
역전 시삼촌 집에서 왔습니다.
작은 시누이가 낮에는 밥국 해주고
저녁에는 시삼촌 집에 가고 하면서
일주일 동안 몸조리를 잘 해줬습니다

작은 시누이에게 고마움을 전할 여유가 없었습니다
마침 친정 어머님이 동네 일 보러 오셨다가

저를 불러내어 고생 많았다고 이천원을 주셨습니다.

맛있는 것 싸 먹으라고 주신 용돈을 다행히
시누이에게 수고비를 줬습니다.

그때는 왜 그렇게 어려운지 몰랐습니다.
그때가 그립고 좋았습니다.

큰아들 출산하던 날

아침 5시 30분경 당촌 정미소에서 큰아들을 출산했습니다
탯줄이 잘 안 나왔지만 남편이 잘 마무리했습니다
출산 이튿날부터 정미소 인부 밥을 하기 시작했습니다

큰아들이 작은딸보다 한살 어려 큰아들을 챙기면서
작은딸이 걱정되었지만, 작은딸은 너무 순하고 착해서
동생 챙기면서 잘 지냈습니다

큰 아들 들고 한 달 후에 시아버지 돌아가시고
정미소를 정리하고 집으로 왔습니다

고생은 많았지만, 집안사람 도움으로 시아버지 초상을
잘 마무리했습니다

그때가 그립고 좋았습니다.

작은아들 출산하던 날

8월 6일 밤 10시 30분경

아궁이 불 지펴 밥하던 시절

편찮은 시어머님

출산하고 새벽 6시에 밥 한 그릇 주시는데 배가 고파서

눈물이 났습니다. 저녁은 먹을 국수가 모자라 먹지 않았습

니다.

아침 일찍 시어머님이 큰집 호기네에 부탁을 해서

호기네 동서 형께서 국 한 그릇 끓여 주시는 것이

고마워 지금도 생각납니다.

너무 맛있었기에 그제야 눈물이 났습니다

내 인생이 왜 그런지

그래도 여태껏 버티어 온 것이 다행입니다.

그때가 그립고 좋았습니다.

당신 삶에 꽃

당신이 좋아하고 원하는 꽃을 심고 키우기보다

'너희들만 잘되면 된다' 는 늘 자식들 위한

꽃을 정성스레 심고 사랑을 주며 가꾸신 당신

이른 새벽부터 저녁까지 빠른 걸음으로

밭으로 들로 꽃을 가꾸기 위해

초인적인 하루하루를 보내셨던 당신

그 꽃들이 자식들 인생에 든든한 버팀목으로 피어

우리 사 남매 따뜻한 보금자리에서 잘 자랐고

어느새 삶이 파 놓은 깊은 주름진 얼굴에 당신

한평생 고된 삶에 힘들어했을 순간순간들이 그려지지만

그 모든 힘든 것을 다시 하라고 해도

아들 딸 손자 손녀 위에 또 꽃을 심고 가꾸실 당신

자식들을 위해 마치 쉬는 시간이라도 있으면 안 된다는 듯 한평생

편안한 삶보다 고된 쪽에 가깝게 사셨던 헌신적인 부모님 사랑에

대한 고마운 마음 담겨있습니다

봄날

봄이면 보랏빛 꽃 맥문동 캐신다고 좋은 계절 느끼지도 못

하시고

여름이면 모 심고 밭 메며 땀 흘리시고

가을이면 벼 타작 콩 타작 배불리 먹여 주시고

겨울이면 사랑방에 불 지펴 군고구마 구워 주시던 부모님

살아가면서 정직과 성실함을 보여주신 덕분에

형제들도 본받아서

행복한 가정을 이루고 살아갑니다.

돌아보니 당신과 함께 했던 사계절이 모두 봄날이었습니다.

멀리서나마 사랑을 담아 꽃을 보냅니다

* 작은딸이 부모님께 드리는 시.

아름다운 추억을 기억하며 앞으로도 지금처럼 사랑이 가득한

봄날이었으면 합니다. 당신의 딸로 태어나서 행복합니다.

솔 향기

밀양 고노실 봉답 이른 새벽에 맥문동 캐러 가시고
새벽까지 심 빼면서 자식 생각으로 살아오신 부모님
어느새 소시랭이로 땅콩 캐는 주말 농부 큰아들네

아버지 가훈이라 학교 숙제로 적어 낸 '정직과 성실'
어머니 수 놓으신 대청마루 걸렸던 '삶의 꽃밭'
세상 유혹에 가르침은 어둠 속 등불이었지

젊었을 땐 '수신제가치국'에서 '제가' 쯤이었지
세상에서 제일 어렵고 소중한 행복한 가정
부모님 솔 향기를 맡으며 이어가고픈 우리 삶

* 큰아들이 부모님께 드리는 시.

자식은 부모의 등짝을 보고 배운다. 그래서 강물처럼 이어진다.

부모는 아들딸에게, 아들딸은 손자에게 솔향기 처럼 전해진다.

삶의 꽃밭

작은 언덕에 옹기종기 모인 꽃들

눈부신 햇살 속 영롱한 꽃잎

싱그러운 바람 속 가득한 꽃내음

나의 생에서 만난 아름다운 삶의 꽃밭

삶의 꽃밭

* 작은아들이 부모님께 드리는 시.

작은 꽃밭에서 옹기종기 모여서 웃고 나누면서 꽃들은 행복 했습니다. 꽃밭의 작은 네 개의 씨앗은 이제 또 다른 꽃밭을 만들고 있습니다. 인간의 생애에서 행복한 꽃밭을 가졌다는 것은 가장 가치 있는 삶입니다. 삶은 유한하지만 그 꽃밭은 지난 아름다운 추억을 기억하며 또 다른 행복을 만들고 나눠주고 있습니다.

삶의 꽃밭에서 두분을 만나 행복합니다.

큰 사위 연임되던 날

남편의 생일날이었습니다.

며칠 사위 걱정하다가 갑자기 전화가 와서

또 눈물이 조금 났습니다.

올해는 큰손녀 결혼도 준비해야 하는데 참 반가웠습니다.

사람의 욕심은 끝이 없는 것 같습니다.

엄마의 바람은 남은 임기 잘 마치고

식구들 건강하고 행복하길 바랄 뿐.

* 손정숙 할머니가 사위 대표 연임을 축하하며

큰딸이 보낸 미역국 찰밥 한 그릇

내일이 엄마 생일날이라고

다리 깁스한 큰딸이 미역국, 찰밥을 만들어

사위에게 보내니 고마움이 가슴에

와닿습니다.

평소에 잘하는데 또 뭘 그렇게까지

아픈 다리를 이끌고 만들어 보낸 정성이 보통 마음이 아닙

니다.

큰딸 생각하면서 잘 먹을게

  '딸 고마워 사랑한다'

언제나 착한 작은딸

어려서부터 순하게 자라고

부모님 마음 잘 알아주는 작은딸

사랑하는 남편 만나 1남 1녀 잘 키우고

의젓한 엄마 된 작은딸

멀리 떨어져 있어도

매일 생각하는 작은딸

남은 인생 남편, 아들딸

행복하고 꽃길만 걷기를

사랑한다.

* 손정숙 할머니가 작은딸을 생각하며

아들 밀감, 토마토 배달되던 날

밭에서 키운 과실을 고마운 친정 형제에게

큰 아들, 작은아들, 직은딸에게 조금 부칩니다.

자식들에게 택배 도착했다고 전화를 받습니다.

오후 3시쯤 우리 집에도 택배가 도착합니다.

아들 보낸 토마토, 밀감입니다.

부모님 너무 챙겨줘서 미안한 생각이 듭니다.

그리고 자식 마음이 고맙습니다.

자식도 아끼고 아껴서 살아가는데

이젠 보내지 않아도 마음 안다고 전하고 싶습니다.

나의 복이라 생각하며 꽃길만 걷길 바랍니다.

작은아들 봄 소풍

초등학교 때부터 모범생이었습니다.
이것이 부모님의 재산이구나 생각이 들었습니다.

어느 봄날 소풍을 가게 되었습니다.

작은 아들이 반장이라고 선생님 선물 드렸습니다.
여동생이 작은 아들 선생님 옷을 보내 왔습니다.

지금 생각해 보니 넉넉지 않은 시골 살림에
여동생이 너무 고마웠습니다.

그때가 그립고 좋았습니다.

외손녀 결혼을 미리 축하하며

산에 올라 목 마를 때 만나는 반가운 약수처럼

유정이는 이서방을, 이서방은 유정이를

서로 사랑하고 서로 아끼고 살아가길 바란다.

외할머니의 바람은 덜도 말고 더도 말고

지금처럼 행복하길 바랄 뿐

'건강이 재산이야.'

'사랑한다'

* 손정숙 할머니가 큰손녀 결혼을 앞두고

손자 군대 휴가 온 날

손자가 군대 휴가와서 우리 보러 오는 날

밀양역 10시 40분에 도착한 의젓한 손자

점심 먹고 할아버지 할머니 대화를 나누고

피곤해 누워 자는 손자

큰 딸네가 조카 휴가 왔다고

밀양 아랑제 불꽃놀이 데려갔더니

재밌다는 손자

다음날 이른 아침 밀양역에서 광주 친구 만나러 떠나는 손자

집에 돌아와 손자 머문 방을 쳐다보니 섭섭한 할머니 마음

* 손정숙 할머니가 22년 9월 23일 손자 휴가 때 적은 시.

할머니는 손자가 밀양 아랑제 구경을 큰사위, 큰딸, 큰 외손녀,

큰 외손자와 함께하고 소고기도 맛있어 좋았다고 합니다.

막내 동생 모유

막내 동생은 중학교 3학년 2학기 추석 전에 태어났습니다.

어릴 때 몸은 약한 편이었습니다.

어머님 모유가 부족하여 '물비락'이라는 물 우유를 먹어

야 했으나, 그마저도 잘 먹지 않았습니다.

어머님이 시장 가서 제시간에 오시지 않으면 동생을 업고 울었

습니다.

그러던 어느 날 바로 밑 동생에서

아우댁 아주머니 모유가 많으니 동냥해보자고 해서

사정을 얘기했습니다.

막내 동생이 아주머니 모유를 잘 먹었습니다.

미안한 마음으로 쌀 한 되를 보자기 싸서

아우댁 아주머니께 드렸습니다.

다행히 아주머니가 고맙다고 이야기했습니다.

집에 오니 막내 동생이 저녁때가 되어도 잠은 깨지 않아서

걱정되었습니다.

한편 얼마나 모유를 먹고 싶었을까 생각이 들어 울컥했습니

다.

그 시절은 어머님의 우유를 병에 타서 이불 밑 넣었다가

방이 서늘해지면 가슴에 데워서 주었습니다.

막내 동생이 깨어나 울면 주었습니다.

추억은 행복으로 찾아옵니다.

이제 꽃길만 걸어가는 것 같습니다.

* 손정숙 할머니가 막내 동생을 생각하며

연한 배 같은 하나뿐인 남동생

울산 남동생이 누나 생일이라 집에 왔습니다
남동생이 부산 누나 자형 데리고 왔습니다
형제 우애 돈독하지 않으면 모일 수 없습니다

남동생이 양산에서 준비한 생일 케이크와 함께
모두 노래를 불러 주었습니다.

눈물이 핑 돕니다.

일곱 명이 모여 부북에 가서 오리 백숙을 먹고 나니
고마운 생각이 가슴에 와닿습니다.

점심을 먹고 친정 아버님 고향인 초동면 방등을 지나
종남산을 넘어서 부북을 지나 상남에 오면서
부산 동생 제부 배웅해주고
동생은 우리 집에서 차 한잔하고 집에 갔습니다.

동생 사랑한다. 고마워.

* 손정숙 할머니가 남동생을 생각하며

셋째 여동생 너무 고마워

셋째 여동생은 부모가 편찮으신 후 정미소를 직접 운영했습

니다.

큰딸 초등학교 입학하던 날

여동생이 부산가서 쌀 10 가마 팔아서 남은 이윤 만 이천 원

여동생은 그 돈으로 큰딸에게 외투를 선물했습니다.

그 옷을 큰딸 6년, 작은딸 6년을 입고 학교 다녔습니다.

지금 생각하면 너무 고마웠습니다.

그때 그 시절은 왜 그리 어려웠는지.

그때가 그립고 좋았습니다.

* 손정숙 할머니가 셋째 여동생을 생각하며

에필로그

그때가 그립고 더 좋았습니다,

그때가 그립고 좋았습니다
손정숙 시집

인쇄 2022년 10월 30일
발행 2022년 11월 15일

발행인 이은선
발행처 반달뜨는 꽃섬 [서울시 송파구 삼전로 10길50]
연락처 010 2038 1112   E-MAIL itokntok@naver.com

ⓒ손정숙, 저작권 저자 소유

ISBN 979 11 91064 13 9 (03810)

이 책은 저작권법에 의해 보호를 받는 저작물이므로 무단 전재와 복제를 금합니다